MORALITE

NOVVELLE

DE LA PRINSE DE CALAIS

A .II. PERSONNAGES

C'eft a fcauoir :

Vn Francoys
Et vn Angloys.

Se vend place du Louure
chez Techener Libraire.

SOIXANTE ET SEIZE EXEMPLAIRES.

No

Paris, Typ. Pinard, rue d'Anjou-Dauphine, 8.

MORALITE

NOVVELLE

DE LA PRINSE DE CALAIS

a deulx perfonnages.

Le Francoys commence.

Dieu gard compaignon.

L'Angloys.

Dieu vous gard.

Le Francoys.

De grace! dictes de quel part
Vous venes & ou vous tires.

L'Angloys.

De Calays.

Le Francoys.

Quoy! vous foupires?

L'Angloys.

Sy ie foupire quant a moy
Compaignon i'en ay le de quoy.

Le Francoys.

Et pourquoy?

L'Angloys.

Car i'en eftoys bourgoys
Au temps qu'on le difoyt Angloys.
Yl y a plus de deulx cens ans
Que de pere en fils la dedens
Angloys y faifoyent leur demeure.
Mais maintenant a la male heure
Y nous fault retirer grand erre
Chetis! en eftrangere terre.

Le Francoys.

Compaignon certes paffience
Comme l'on dict paffe fcience.
Y fault donc fans vous tourmenter
Ce mal paciament porter.
Saues vous pas bien qu'Edouart
Tiers y planta fon eftandart
Apres vng fiege douze moys
Et qu'il en chaffa les Francoys
Lefquelz y perdirent leur bien?

L'Angloys.

Compaignon cela ie fay bien.

Le Francoys.

Sy donques mon feigneur de Guiffe
En excerfant fon entrepriffe
De Henry le hault roy de France
Reduict foublz royalle puiffance
Calais qu'on vfurpoit fur nous
Vous faict y pas grace a vous tous.
Qui dedaignant ce prince hault
Prefumer d'atendre l'afault
S'apres fa victoyre enfuyvie
On void qu'i vous fauue la vye?
Cela vous deut payer contant.

L'Angloys.

Efdouart en feift bien autant.
Mais de Guiffe en moingtz de huict iours
La reprift & nos fortes tours.
Tant la fouille que le risban
Quant le fecond iour de ceft an
De furie eftant canonnes
Furent foudain habandonnes
Et n'eumes onques le loyfir
De les deffendre ou fecourir.
C'eft pourquoy mainct regret i'en fais.

Le Francoys.

Se font du feigneur Dieu les fais.

L'Angloys.

Nous auyons fy fortes murailles!

Le Francoys.

Les hommes font bien les batailles
Et Dieu de iuftice & gloyre
Donne a qui y plaift la victoyre.

L'Angloys.

Helas! nous la gardions fy bien!

Le Francoys.

Compaignon cela n'y faict rien
Car fi Dieu la cite ne garde
En vain pofee y eft la garde
Ce n'eft rien que des fortes poys ;
Mais fi Dieu la garde vne foys
En vain on y tende le siege.

L'Angloys.

Nous difions que plus toft le liege
Sans floter fut fondu dens l'eau
Et que de plomb vng grand fardeau
Pluft toft floter on eut peu voyr

Que d'afault cefte vile auoir
Voyre bien que d'eftre affaillye.

Le Francoys.

C'eft le comble de la folye
O gent par trop fiere & fuperbe!

L'Angloys.

A! on nous a bien fauche l'erbc
Defoublz le pie.

Le Francoys.

Qu'auous perdu
Quant aux Françoys aues rendu
Cela que leur auies pille.

L'Angloys.

Vrayment vouela bien babille.
Pille le bien pris a la guerre!
Sy pour s'en feruir on le ferre
Ce bien eft y pas bien aquis?

Le Francoys.

Sy les Francoys ont reconquis
Par le vouloir de Dieu leurs biens
Les Angloys n'y ont donc plus riens
Et bien ferey. Qu'en dictes vous?

L'Angloys.

Ie ne prefente tant de trous
Que ne trouues plus de cheuilles.
Pour bien raffiller mes aguilles
Y me fault chercher autre lieu.
Adieu compaignon.

Le Francoys.

Or adieu.

L'Angloys.

Tu fembloys Calays dont ie gronde
Menacer les troys pars du monde.
Bien en vain tu te feutz fier
A ton rampart fuperbe & fier
Par deulx cens dis ans imprenable.
Que ta perte m'eft importable !
Tu t'esiouiffoys du butin
Que l'on feift dedens Sainct Quentin
En demenant vne grand fefte
Pour vne fy belle conquefte
Car tu penfes par cela veoir
France hors du Francoys pour voir.
Mais tu rens ce butin au double
Pour vn petit denier vn double.
O ! quel malheur a cefte foys !
Y te fault quicter aux Engloys.

Adieu Calais la forte vile !
Or adieu Guignes adieu mile !
Mile & mile maifons.
Qu'au Francoys batis auons !
Que pleuft a Dieu que la tempefte
Du ciel tumbaft defus ma tefte !
Ou que ce deuft la terre ouurir
Afin de foudain m'engloutir !
Ou que pafionne de rage
le peuffe venger mon courage!
Ie me fens naure iufque au fang
N'ayant rien que ce bafton blanq.

Le Francoys.

O fierte angloiffe !
La doulceur francoiffe
Te deuft contenter.
Or t'en va grand erre
A ton Engleterre
Tes maleurs conter.

L'Angloys fe tourmente
Se plainct & lamente
Pour auoir perdu
Calais que fans tiltre
Sans loy ne chapitre
Auoyt detenu.

Soublz la grand efpaffe
Du ciel le temps paffe
Par vn cours leger
Et n'eft fi hault prince
Cite ne prouince
Qui ne fcayt changer.

Calais fut francoyffe
Puys el fut angloiffe
Par deulx cens dix ans
Puis Monffieur de Guiffe
Nous l'a reconquiffe
En bien peu de temps.

O Angloys! courage!
Vys tu poinct l'orage
Tempefte & mefchef?
Vys tu poinct ta perte
Fort grande & aperte
Menacer ton chef?

Non! ta voyne enflee
Par orgueuil foufflee
Ne te l'a permys
Difant miferable
Calais imprenable
De tes ennemys.

Tu auoys fiance
A la grand puiſſance
Du ſuperbe lieu
Mais toute ta force
Eſtoyt ſans eſcorce
Oubliant ton Dieu.

Superbes montaignes
Aux humbles campaignes
On void eſgaller
Par groſſes riuieres
Bruyantes & fyeres
Qui les font grouler.

Ainſy la tempeſte
Tonnant ſur la teſte
De ces fiers Angloys
Fit qu'ilz s'abaiſſerent
Et prendre laiſſerent
Calais aux Francoys.

Malureux donq l'homme
Qui ſe fye en ſomme
Au bras de la chair !
Heureux ſe doibt dire
Qui de Dieu deſire
Son ſecours chercher !

De cefte victoyre
Or donques la gloire
Fault a Dieu donner
Qui Calays nous doune.
C'eft l'antique bourne
Pour France bourner.

FINIS.